21世纪华语诗丛·第三辑

韩庆成／主编

阳光的孔隙

钟灵　著

知识产权出版社

全国百佳图书出版单位

——北京——

图书在版编目（CIP）数据

阳光的孔隙/钟灵著. —北京：知识产权出版社，2020.9
（21世纪华语诗丛/韩庆成主编. 第三辑）
ISBN 978 - 7 - 5130 - 7090 - 4

Ⅰ.①阳… Ⅱ.①钟… Ⅲ.①诗集—中国—当代 Ⅳ.①I227

中国版本图书馆 CIP 数据核字（2020）第 141392 号

责任编辑：兰　涛　　　　　　　　　责任校对：谷　洋
封面设计：博华创意·张冀　　　　　责任印制：刘译文

阳光的孔隙

钟　灵　著

出版发行：	知识产权出版社 有限责任公司	网　　址：	http：//www.ipph.cn
社　　址：	北京市海淀区气象路50号院	邮　　编：	100081
责编电话：	010 - 82000860 转 8325	责编邮箱：	zhzhuang22@163.com
发行电话：	010 - 82000860 转 8101/8102	发行传真：	010 - 82000893/82005070/82000270
印　　刷：	三河市国英印务有限公司	经　　销：	各大网上书店、新华书店及相关专业书店
开　　本：	880mm×1230mm　1/32	印　　张：	5.625
版　　次：	2020 年 9 月第 1 版	印　　次：	2020 年 9 月第 1 次印刷
字　　数：	59 千字	全套定价：	218.00 元（共十册）

ISBN 978 - 7 - 5130 - 7090 - 4

出版权专有　侵权必究

如有印装质量问题，本社负责调换。

新世纪诗歌的一份果实

赵金钟

　　基于今天的语境，我们似乎可以下如此断语：网络引领了21 世纪的诗歌。毫不夸张地说，当下最强劲的诗歌"潮流"是网络诗歌。它凭着新媒体的优势，以一种新的审美追求，猛烈袭击着纸媒诗歌，对传统诗学提出了挑战。所以，我们讨论新世纪诗歌，无论如何也绕不开网络诗歌。网络诗歌给新诗创作带来了新的元素。与此同时，由于其临屏书写的自由，又给网络诗歌自身，进而给整个诗歌创作带来了新的问题。这也是我们讨论新世纪诗歌必须参照的"坐标"。

一

　　进入 21 世纪以来，利用互联网进行创作或发表诗歌作品的现象十分活跃。学术界或网络界一般称这类诗歌为"网络诗歌",也有人称之为"新媒体诗歌"(吴思敬)。它的出现给诗歌的创作与传播带来了深刻的影响,"在改变了诗歌传播方式的同时,也改变着诗人书写与思维的方式,并直接与间接地改变着当代诗歌的形态。"[1]它给诗坛带来的冲击力不啻为一次强力地震,令人目眩,甚至不知所措。赞成也好,不赞成也好,网络诗歌就不由分说地站在了我们面前,并改变着传统媒体诗歌业已形成的写作传统,直至形成了新的审美体系。韩庆成在《中国网络诗歌 20 年大系》的序言中认为,网络诗歌在诗歌载体、诗歌话语权、诗歌界限和标准、诗人主体、先锋诗人群体五个方面,对传统诗歌进行了"颠覆"。[2]

网络诗歌首先带来了诗歌写作的极端自由性。这是传统诗歌无法企及的。网络是一个极其自由的场域。它的匿名性和虚拟性创造了一个"去中心"或"多中心"的民主意识形态空间,以让写作者自由地临屏徜徉。网络作为巨大而自由的言说空间,为诗人存放或呈现真实的心灵提供了广阔无边的平台。这一写作环境给予写作者空前的"自主权",使得写作真正实现了"自由化"。自由是网络诗歌的灵魂,也是新诗写作的灵魂。然而,由于各种诗人难以自控的外力的影响,纸媒时代,诗歌的这一"灵魂式"的特性却常常难以完全呈现。这种状况在自媒体出现的时代得到了极大的改观,网络诗歌引领诗歌写作朝着深度自由发展。

当然,过度的"自由"也带来了一些麻烦:有的诗人任马游缰、信手写来,使得他们的诗作常常在艺术上与责任上双重失范。这不是自由的错。但它提醒诗人:艺术的真正自由不是"无边界",而是在有限中创造无限,在束缚中争得自由。自由应是创作环境与创作心态，而不是创作本身。无节制的"自由"还带来了另一种现象："戏拟、恶作剧心理大量存在，诗的反文化、世俗化、极端个人主义倾向非常明显。"[3] 这在一定程度上损害了诗的健康发展，需要我们高度警惕。

我欣喜地看到，"21世纪华语诗丛"这套专为网络会员和作者服务的"连续出版的大型诗歌丛书"，正是在这样的背景下应运而生。丛书第三辑的十位诗人，在网络诗歌时代恪守着诗歌的艺术"边界"，他们各具特色的诗歌作品，从某种意义上，代表了当今网络时代诗歌的"正向"水准和实力。

二

生活化，是新世纪诗歌写作的另一重要审美追求。这里的生活化，既是指诗歌写作贴近现实生活，表现生活的质感和生命，又是指写作是诗人们的生活内容，是他们为自己生产消费品的一部分，更是他们实现自我价值的重要途径。

在《1844年经济学—哲学手稿》一书中，马克思首次把人类的本质规定为自由、自觉的生产活动，并明确指出："宗教、家庭、国家、法、道德、科学、艺术，等等，都不过是生产的一种特殊方式，并且受生产的普遍规律的支配。"[4] 在此处，马克思在将艺术活动看作一种生产的同时，又将它与政治、法律、宗教、道德等活动一同作为整个社会生产的一种特殊的精神生产形式加以论述。根据马克思对社会历史客观过程的分析，人类生活可分为物质生活与精神生活两大领域。为了满足自身这两种生活的需要，人类必然要从事物质的和精神的生产。同样的道理，诗歌写作其实也是写手们在为自己、扩展而为人类生产精神产品，并在这一生产过程中完成自我价值的实现。

从这套诗集中，我们能够感觉到写作对于诗人的重要性。它对于诗人，是为了释放，为了交流，也是为了提升，为了自我实现。因此，写作成了他们生活的重要内容，是他们向世界发声或讨要生活的工具。

从此，不从地下取水／我的井在天上／不再吃尘埃里的一粒粮食／我的粮仓在云上

——黄土层，《纺云》

像这样的诗歌，以极简约的文字呈现着来自生活的深刻感悟，就是难得的好诗。新世纪诗歌存在着一种重要现象，即大量被往常诗歌所忽视或鄙视的形而下情状堂而皇之地进入诗的殿堂，并被诗人艺术性地再造或再现，是生活化或日常化的一个重要递进。

三

新世纪诗歌的后现代性已为学界所关注。实际上，后现代性早在20世纪"新生代"即"第三代"诗歌那里就明显存在了，且引起了不小的争议。而在新世纪，它似乎表现得更明显和更深入。"后现代主义"的介入，给中国诗歌带来了相当大的冲击，甚至可以说，它深度改变了中国当代诗歌发展的格局。

后现代性感兴趣的是解构。西方后现代主义哲学，即乐意

从不同层面解构传统的逻各斯中心主义，消解以逻各斯为中心的关乎"规律与本质"的意义结构。它的突出特征是解构宏大叙事，消解历史感，具有"不确定的内向性"。而受其影响的新世纪诗歌中的后现代性，则又具有"平面化""零散化""非逻辑性""拼贴与杂糅""反讽与戏拟""语言游戏"等特点[5]。如果细数这些特点的优点的话，则可能"反讽与戏拟"更有较为永恒的诗学价值与审美意义。也正是在这一点上，新世纪诗歌为中国诗歌提供了可贵的新元素。

如今我活着 比任何一个死人都坚强 / 像一株无花果 敢于没有和不要 / 我的自在 不再是花开不败 / 而是不开花

——高伟，《第1朵花：无果花》

这首诗有着明显的"后现代主义"色彩：反讽、反仿、反常理等。诗人以一种略带调侃的口吻消解主题的严肃性和目的。这是"后现代主义"反叛"古典主义"和"现代主义"，消解中心、解构意义价值观的体现。不过，剥去这些表象，单从取材角度和情感取向来看，这首诗歌还是较为清晰地表现了诗人对于生命价值乃至人类某种崇高性的思考。

第三辑中的每部诗集，都有可资圈点之处。马安学的《谒宋玉墓祠》：隔着两千多年的距离/踏着深秋的落叶，我去看你；老家梦泉的《北方的雨》：在北方/雨水/是你梦中的情人//深闺的围墙/总是/高高的；赵剑颖的《槐花开》：五月，白色花穗从崖畔/垂挂亿万串甜香，春天已经走了；香奴的《幸福的分步式》：把红酒倒在杯中三分之一处/我总是停不下来//要么斟满，要么一饮而尽/我不喜欢幸福的分步式；于元林的《我们相逢在一朵古老的泪花上》：这个春夜 天空缓缓降下/银河如大街一般 亮着灯光/我们相逢在一朵古老的泪花上/我们要到初醒的蛙鸣里去说话；南道元的《谷雨》：谷雨断霜，埯瓜点豆/持续的降雨不会轻易停止/在南方/春天步入迟暮；钟灵的《晒薯片》：田畴众多。越冬的麦苗上/细长而椭圆的红薯片/宛然青黄不接时，乡亲们饥饿的舌头；袁同飞的《童谣记》：时光那么深，也那么久/遥远的歌声里，仿佛能长出翅膀/长出枯荣。像这样出彩的诗句，诗集中俯拾皆是。这些作品，都凝聚着诗人独具个性的诗性体验。是啊，诗是一种高度个性化的"物种"，只有那些异于常人的观察、发现、体验，才能发出个体的味道。跟"文"（散文、小说等）相比，诗更看重内情的展示，看重结构上的化博为精、化散为聚，看重将"距离"截断之后的突然顿悟。因为"人们要求的是在极短的时间里突然领悟那更高、更富哲学意味、更普遍的某个真理。这可以是诗人感情的果实，也可以是理性的果实。诗没有果实，只有'精美'的外壳（词句、描绘）是一个艺术上的失败。"[6]

"21世纪华语诗丛"第三辑，正是新世纪繁茂的诗歌大树上结出的"感情的果实"。

（作者系岭南师范学院文学与传媒学院院长、教授，广东省中国当代文学学会副会长。）

参考文献：

[1] 吴思敬. 新媒体与当代诗歌创作 [J]. 河南社会科学，2004（1）：
　　61～64.

［2］韩庆成. 颠覆——中国网络诗歌 20 年论略 ［G］//韩庆成，李世俊. 中国网络诗歌 20 年大系. 悉尼：先驱出版社，2019.

［3］王本朝. 网络诗歌的文学史意义 ［J］. 江汉论坛，2004 （5）：106 - 108.

［4］马克思. 1844 年经济学—哲学手稿 ［M］. 北京：人民出版社，1979.

［5］张德明. 新世纪诗歌中的后现代主义文本浅谈 ［J］. 南方文坛，2012 （6）：84 - 89.

［6］郑敏. 诗歌与哲学是近邻：结构 - 解构诗论 ［M］. 北京：北京大学出版社，1999.

目　录

CONTENTS

第一辑　颠沛的蔬菜

第二辑　阳光的孔隙

第三辑　明亮的抽屉

第四辑　露出的天空

第五辑　站立的城市

第一辑　颠沛的蔬菜

赶麻雀

麦粒流淌在平坦的麦场
我手持长长的竹竿，稳坐钓台
在一片麦子的池塘边
垂钓一种叫作麻雀的鱼

竹竿落下，是我把鱼竿伸进池塘
麻雀飞起，是我把上钩的鱼
甩上堤岸
麻雀飞起，落下，忽高忽低
我起身，落座，奔跑，后退
钓竿，忽上忽下，忽东忽西
在空中画出优美的弧线

整整一天，没有一条鱼
被我带回。你看，我的鱼儿
多聪明哪

晒薯片

田畴众多。越冬的麦苗上
细长而椭圆的红薯片
宛然青黄不接时，乡亲们饥饿的舌头
薯片或疏或密，不断增多
是湖中泛起一圈圈涟漪

白霜随处散落
像薯片摆满村外的麦地
这是大年之后
乡亲们最重要的口粮

当那个美好的早晨来到
母亲提着竹笼，带着我
将晾好的薯片，悉数收回
挂上屋梁，我的一颗小小的心啊
也被悬在了梁上

太姥姥

太姥姥，不笑不说话
她是我童年唯一的光辉

记忆中看到的笑
记忆中的麻饼、西瓜和毛桃
都来自太姥姥，哄我入眠
说服母亲免我挨打的
也是太姥姥

只有太姥姥，在我灰色的童年
用她佝偻的身子、满头的银丝
和塌陷的瞎眼，看着我
慈爱地笑，给了我
享用一生的光明和温暖

邻居的婶婶

我邻居的婶婶
有两只绝不雷同的手臂
和两条彼此不肯相认的下肢
她的脸，被太阳慢火熏烤
如一只刚出炉的番薯

婶婶的丈夫早逝
两个儿子，因为贫穷与推诿
很少照顾她的生活
我年老的婶婶，像退潮后
一只搁浅的贝

然而，她还是乐呵呵地
在地里点豆子、掰苞谷
一深一浅走街串巷
仿佛她的生活，从没有麦芒
需要她用针尖去面对

红薯窖

后院的红薯窖
是我童年绕不过的坎
那天，一脚踩在窖口虚置的席子上
我跌了下去

更加不幸地，我看到了红薯们的冷脸
他们无动于衷地坐着
仿佛眼前的情形，他们全然不懂
这是我第一次，感受到
绝望之后不被理解的悲痛

因为怄气，那年冬天的红薯
我看都不看一眼

压饸饹

在公庄村，二月二是大日子
母亲早就和好了红薯杂粮面团
她在等一场盛大的蜕变

乡邻们不需预约，可饸饹床子需要
排到自家时，乡邻们会跟着饸饹床子到家
在欢乐的号子声和床子"咯吱吱"的讨饶声中
漏杯里的面团，会变成一条条饸饹
从床子下漏出去

阳光好奇
想翻过土墙看一看
谁想，一下子就跌进了院里
一直到黄昏
才从另一面土墙爬出去

村头水井

那口井是全村的中心
家家的汉子都会来挑水
他们会一趟趟地，与扁担一起哼着歌回家
直到缸水的喉结，重重咕咚一下
拒绝咽下更多
井水从不厚此薄彼
瘸腿二婶家的井水也是明亮的

缸里的井水，是每户人家的爱物
做饭洗菜随意用，女人洗衣也可以
而男人对女人的宠爱
也会是一句，随便洗啊
用完我再担

乡村教师

我幼时村里的乡村老师
都写得一手漂亮的粉笔字
他们握粉笔的手
经常要握紧锄头、犁耙和铁锨
他们的普通话，也经常被乡音带偏

即使如此，他们还是
在杏花白、石榴红的童年
将爱与坚韧植入我们的心田

他们看着那些跳皮筋、滚铁环的孩子们
像地里的庄稼，送走一茬
又来一茬。树下，蜀葵年年盛开
好像时间，从未带走过它们

公庄村人与水

土屋漏雨、锅碗瓢盆桶交响的日子不提也罢
被逼无奈的仿佛不是公庄村人
而是这些急性子的雨水
就像被迫于瓮城的兵士
当他们被逼在院里、巷里、村里
无处可逃时
就在低处揭竿而起

可公庄村人不怕水
即便暴涨的渭河水，把公庄村围成一个半岛
庄稼地成了宽宽窄窄的河道
他们也照样谈笑风生
撑起不知哪里找来的木船
荷叶一样，浮在水上

公庄村人很少流泪
像背后的旱塬，从容，沉稳

玉米印象

从幼时开始，它们就是喜热闹、爱攀爬的
当被掳获回家，露出金灿灿纺锤形的身子
它们更将攀爬的本事发挥到极致
屋梁，树木，或者什么杆子架子
得到允许就爬

有时，起一面黄金的墙
开一树黄金的花
更有时，屋檐下连篇累牍的玉米棒
把土院围成黄金的殿堂

三婶就住在这样辉煌的院子里
她嫁过来时，还像八月亭亭的玉米苗
现在，她种玉米、锄玉米、掰玉米、绑玉米、挂玉米
像一枚成熟的玉米棒
她不爱回娘家
这里才是她的宫殿，她就是那个
事必躬亲的傲骄女王

颠沛的蔬菜

菜刀所好，无非是伤害弱者
那些被它逼得无路可逃的韭菜茄子
只能跳进热锅，钻入笼屉

父亲颠沛半生
仍然无法逃脱蔬菜的命运
白天，他挂在悬崖边，替人摘木枣
夜晚，他戴着矿灯帽，漫山遍野捉蝎子
生活时常向他亮出狰狞的利刃
像炫耀一段钻石

耀眼的白

与植物爱恨一生，从不停歇
老年的父亲，也像一段烧过的荒草

只有躺倒在医院的病床上
他才停止劳作，盖上一场大雪
眼前，这耀眼的白，是父亲唯一
无力违抗的暴君

内疚的右眼

手术时，血一下子涌出来
止都止不住，把人家医生
弄得手忙脚乱

病床上，父亲用混浊的左眼
代替纱布包裹、仿若缺席的右眼
反复表达着他的愧疚

拒绝救赎的枯萎

母亲不用刀
也能把父亲的一生分割
失去了爱人的父亲
像一棵失去土地的树

一段灿烂，一段枯萎
对于父亲，接受任何救赎
都需要一个无可辩驳的理由

父亲的心意

临行时，父亲硬塞给我一些礼物
番薯和南瓜是自由生长的怪模样
绿豆和豇豆有营养不良的瘦身子

父亲的心意从来专一
我有番薯和南瓜的怪脾气
还有绿豆和豇豆的弱身子

父亲说，不打药，不催熟
即便收成好的年月
这些也是绿色健康的好粮食

乡村的牙齿

巷子空了
仅余零星几位老人居住
仿佛一张牙齿严重脱落的嘴

我的父亲，是几颗牙齿中
最坚固的。如今，他几次住院
在女儿的城市与他的乡村之间
被来回拉扯，成了
摇摇欲坠的一颗

对面的老哥带着他的黄狗
也搬去了城里儿子家
父亲仍然住在乡下
他藏着一个小心思
行将退休的大女儿
是他期盼的第一颗义齿

父亲的兄弟

父亲一生没有什么嗜好
如果一定要说有，那他的嗜好
就是把刚刚挣来的钞票
笑逐颜开呈给他的女王

他小心侍奉着他的女王和土地
而鸡零狗碎的时间，就交给了山上的草药兄弟
这些野生的地枫皮、丹参、白皮和黄连
从不需刻意维系关系

他会一大早上山
吃午饭时，挖回的长长短短草药根
已骄傲地安放在阳光里

咚咚咚，咚咚咚
太阳下山前，小锄头下
草根总会心甘情愿地
褪下深褐的皮

种　藕

以频频鞠躬的姿势
使大地，一次又一次翻转
阳光从后背流转至胸前
三月的天空下，父亲的脖子
挂上了阳光的奖章

我的父亲，最擅长
将白天的色泽，植入黑夜
看啊，一个赤裸熟睡的孩子
一个白生生的被呵护到指甲的孩子
被父亲，小心翼翼
安放于眠床
再盖上厚厚的夜色
熟睡的孩子，就该睡在黑夜的

父亲脸上始终挂着笑意
仿佛已经看到了那亭亭的绿伞
和高举的火炬

自己的国王

母亲走后，父亲"天子呼来不上船"
不，父亲自己就是天子，就是自己的国王
他金玉满堂。父亲的菜园里
有几百颗硕大的夜明珠
有数以万计的碧玉
以及繁星一样围护着国宝的玛瑙

你看那些包心菜、鸡毛菜和酸枣树
它们比我和妹妹，更懂父亲的心
父王的圣旨经常下达
土地，是他的臣子
那些蔬菜，就是他的草民
他也会举着自己的华盖
领一群外邦兄弟，浩浩荡荡
上山视察

只有不知情的月光
会误将薄霜，洒在他的窗子上

父亲的儿子

父亲的蓝裤子上、帆布鞋上
经常有掸不清的黄土
其实，他从不把身上有土
当成事情。他对黄土
有着父亲般的宽容

当他老了，独自无法生活
他带着他的黄土
走进纤尘不染的城市
当他身上的黄土快要掸尽时
他就会像丢了魂的鱼
心甘情愿，被故乡
用温暖的大网捕获回去
赎罪似的，义无反顾地
像洋流突然起身
原路返回

中秋，我拒绝月亮

那面镶边的银盘，苦笑着
孤零零挂在天空的荒野
在我的凌霄花酒樽里
也可以一睹你的芳魂

今晚我拒绝月亮，拒绝这离散的形象
如同秋天拒绝炙热，分离拒绝玫瑰
嫦娥该回到后羿的身边
月亮与太阳该有相携的时刻
离人归后，也不再山高水远

中秋夜
我要在梦里
寻找一枚遗失多年的玉佩

隐　藏

冬天的夜，是空旷与荒芜的
仿佛有人在唱空城计
大树和楼房，都是登城的梯子
勇敢者可以上城一探究竟
罢了，假也罢，真也罢
空旷就空旷着吧

天空的电子屏上，光标在闪烁
仿佛在等着谁的手指，接着写下去
这大到极致、深到极致的夜
像一个巨大的子宫
藏得起所有的鱼跃鸢飞、雷动风行

多么容易被忽略啊
一个人的生，也是从隐藏肉身开始
而死，也只是隐藏
隐藏一个面目可憎而腐朽的肉体
然后换一种欢喜的样子
千秋万代活下去

从北方先赶过来的一小部分雪花

一到这里，就急急忙忙落下
我想，它仍是比纸还要白一些
像父母亲所剩不多的华发

空调管孔里的鸟儿

爱人等距的一呼一吸，将夜
一寸一寸，轻轻拉长
壁纸的那一面，闲置的管孔里
鸟儿睡梦中呢喃的呓语
和那偶尔宛如翻书的碎响

如此动听，好像我幼小的女儿
正睡在她微微颤动的小床上

空纸箱

放在哪里呢？这么大的空纸箱
放在室内占空间
也扔不进单位的垃圾箱
像母亲离开后，难以安放的老父亲

女儿安排父亲与自己一家同住
父亲心急，几次径自跑回乡下
那不是纸箱回到工厂
那是陈豆子回到豆荚
老橡头回到屋梁

送我回乡

我的导游说，在哪里上的
就送他到哪里下
是的，这的确是负责的态度
可是，我是从村口搭车走的
现在，谁该送我回去

只送到村口就好，余下的路我自己走
我会踩着幼时的脚印
在祖先的指引下，认出回家的方向
哪怕屋檐下，不再有等我的人
让身体无限地接近泥土
让灵魂住进降生的产房

我的乡音已弃用多年
可是，只要有众多乡音的环绕
我会立刻回到幼年，成为故乡护佑的
满口乡音的子民

爱的刺身

刺身，蘸着芥末
一边诱惑，一边忌惮
我的母亲不是一个好厨娘
在爱的刺身上，她的芥末
不是太少，就是太多

月亮的宠爱

月亮，跟着我飞驰的车子起伏
或高或低，一步不落

我看出来了，月亮是要跟着我
看看久已丢失的我的下落
它会记住，我窗子的位置
会在我的窗子上，暗暗做下记号
我已认定，在我落寞时
月亮会机智地敲我的窗
然后，眨着狡黠的眼睛
陪着我，融化我
像母亲那样

家，我的异乡

邻居们知道我的住处
知道我的女儿是个学生
还知道，我家养了一只狗
狗的名字叫"耳朵"

他们不知道我的名字
不知道我的父母是谁
更没有想过，我的祖父是谁
他死后，埋在什么地方
不知道，我们家的糗事和荣光

我的家，就是我的异乡
这些年，我的房子越来越大
可始终没有立锥之地
我不断搬家
可终究不曾从异乡撤离

我会在疾驰的列车上
一次次试图辨认，故乡的位置
处处都是，又好像处处不是

清明节，泡桐的思念

（一）温柔的手

阳光饱满的浆汁，洒满

庭院的树叶、井沿和青石板

幼时的我，正歪歪斜斜地

坐在小矮凳上，仙女一样的你

来到我的身后，梳子

温柔地落在我的秀发上

曾经花团锦簇的大树

春来时，却再也立不起身体

母亲，你看，老树根部

新的树木，早已长成

母亲啊，我就是你的老根上

那棵新的泡桐

（二）迎　接

快清明了，为了迎接你

我已蜇居多日，庭院也一扫再扫

红尘，已如隔世

日复一日的洗涤

已使我的身心，纤尘不染

我白天只是酣睡
为的是保持夜晚的清醒
我不想错过你的丝毫声息
那一盏灯，是为你我
抵足而眠准备的
你的忽明忽暗的笑容
将我的心，撕成一片片
零落的花瓣

清明了，你会回家吗
母亲啊，让我们一起假设
假设春风吹去的落红
还会重新回到枝头

为此，我愿意眼含热泪
一直等

（三）春　祭

一叠麻纸，几沓大小不一
花花绿绿的纸钱
还在和案几上的母亲
温言软语，供品们听不懂
只圆睁着它们的大眼睛

春祭的日子，我去看你
母亲，你的心中之苦可已消解
让我在你的坟旁，陪你说说知心话
让我们一起，看春风宽阔的翅膀
如何掠过高高低低的田畴
长长的尖喙，又是怎样
一朵一朵，啄开欲开还闭的
花蕾

麻纸和纸票，在火中涅槃
灰烬盘旋着，飘舞着，零落着
几滴雨，适时地
垂落下来

（四）油菜花田

层层叠叠，随随便便，不挑地点
多少朴实啊
仿佛巷子里，端着大碗随处落脚的乡亲
母亲，你躺在这样的油菜花田里
一定是面上含笑的

北望，渭河温润如碧玉
我们的家，还是这样
向着河流的方向，蜿蜒三个

坡道。你钟爱的院子里
小小的菜地，绿意竞上
新桐，也已繁花满枝
万事，都已具备

第二辑　阳光的孔隙

悭吝的神

错愕之时，那个红红的烟头
已被湖水摁熄

那些执意要疯跑的西风
想起来就猛跑一阵子
湖水一皱再皱
那些入冬就脱下衣服的银杏和白杨
会不会更冷一些

预报小雪，可等了一个昼夜
天上只勉强挤下一些非雨非雪的东西
既而放晴。神们悭吝，随意爽约
人间也无可奈何

而街头热闹
花店里的康乃馨和玫瑰
比期待中的雪
更能稳住一个江湖
和一颗愁绪满怀的万古心

等待一场大雪

天空只是一味地忧郁
而朋友圈里的雪，已经很大了
无论怎样，雪总是会来的
就像树会落叶，鸟会飞翔一样

亲爱的，我们一定要准备好
在下雪时，我们一定是要闲下来的
一定是什么都不做的
一定要有炉可围、有酒可温的
天黑的话，就在高台上点一支红烛

朋友们若不来，就我们两人也好
我不作诗，你不接电话
就像那年，你放开所有的事
身披漫天大雪，怀揣三千里春风
旋风一样出现在我面前

其实，你并没有说破
在这样的夜里，雪才是主角
而你我，只是两粒小小的道具
而我，也没有说破

其实那时，雪下或者不下
也都没有什么不可以

冒昧

江南之南不开雪花
当那里的白梅开放时
北方的雪花也开了

那么大的江山，就一种颜色
多么纯粹
我承认我的冒昧
我必须让一让

雪　后

人间澄澈
雪花与雪花挤在一起
洁白与洁白挤在一起
小与小挤在一起

仿佛人间极致的美好
都是洁白而轻盈的
都是挤在一起的小

总可以等到最好的
人间向来如此

天空的失误

也许是太爱人间了，而这爱
丰满一朵雪花的同时，又使它犹疑

我已备好了我的小热爱和人间烟火
起承转合，万里飘雪

雪下了一会儿就戛然而止
天地间，不留一点痕迹
好像一个雅致的女人
若无其事地揩掉了嘴唇上的残迹

终场戏

在一幕盛大的戏剧
终了之时，雪像一张白绒毯
盖上了所有的道具
一切到此为止

有了雪，就可以原谅一年演出的失误
就可以将一年的失落，全部删除
一场雪，就是一个完美的终结
一场雪，是为来年
人间悲喜剧，为来年的
连翘、海棠和白玉兰
清洗旧道具，空出新舞台

小 雪

步步为营，万物收起锋芒
鸟儿也飞的飞，藏的藏

她惧怕寒冬
拥她入怀、给她无尽温暖的人
像雪花一样消失了
她失去了过冬的衣裳

作为老人孩子的冬衣
每年小雪，小雪都会坐在门坎上痛哭一场
然后擦干泪，回到工厂
陀螺一样忙起来。而家里
预约的一锅好汤，正在赶来的路上

冬　至

连湖上的盈盈秋波
都要冻上了
又一阵冷风袭来
荒草叹息着，不可救药地风干
老树，含泪抱紧自己的根

山川大地都老态毕现
雪　那是冬天死去时
隆重的葬礼

真的没有什么好留恋的了
剧终时，扮相如此沧桑
也算用心良苦

一个中年男人
对即将到来的冬季
颇有微词，我劝他无果

且随他去，而这也并不妨碍
新的幕布，会在他的绝望中拉开

在人间（组诗）

（一）在人间

从机窗往下看
一座楼宇山川的移动沙盘
慢慢展开
人间美丽而渺小

越是深爱，越会远离
在飞机的轰鸣声里
在一万米的天空
你的名字，才可以随时画涂
随时抹去

身边，邻座打着瞌睡
哦，这里也是人间
这高高在上的人间
飞机，是一枚沉默的子弹
掠过高高卷起的千堆白雪

（二）天空的大海

再往上，云就被踩在脚下了

湛蓝的天空，露出它的真容
在这白云之上，我只想做
也只能做一只飞鸟
飞翔于天空的大海之上

海真辽阔啊，那么大的棉被
也无法盖住它

（三）夜　航

太平凡的人，是无法与偶然、意外
连在一起的
即便死，也会老死床榻之上
在这个离月亮很近
离地面很远的地方
真的没有什么可担心的

可是，那么平凡的人间
在夜间，也若万颗星斗
也若一桌桌璀璨的棋盘

晚秋三章（组诗）

（一）黄金的一部分

显然，这里不是最佳赏秋之地
汉阳陵数不清的银杏树
美得更纯粹，也更专业一些

当我置身校园
十余株高大的法国梧桐
也让我领略了晚秋
不是无言的枯萎，而是耐了寒霜
呈现它喧闹的金黄

在暖阳里手舞足蹈
或在湿冷中从容坠落
都有诸神降临的神圣与唯美
睿智的老师从树旁走过
单纯的孩子在树下玩耍
各自收获了它
黄金的一部分

（二）压下的灰白

天，不能更灰白了
这悄无声息的雾气
一层层压下来，发散着腐朽之气
仿佛一个久病在榻的老人

只有武林高手，才能在不动声色间
杀人于无形
要不了多久，意志崩溃的
不只是树木、远山和湖水
还有远处雾蒙蒙的地平线
和自恃年轻的一群人

一些雾气压得太低了
沾在草尖上，顺势结成了霜
看来，寒气也喜欢欺压弱者
与人间的恶人，并无两样

（三）更大的空

枝头的树叶
一再被秋风挟持
在霜降后的湿冷里
唯有垂下高昂的头

把更大的空，让给太阳
也让给寒风与大雪
湿冷，一日叠上一日
即使你来了，也不能温暖

远处，更远处，是可以预见的颓败
和加衣、加衣，仍然佝偻的身体
这干旱的西北，以多雨江南的姿态
无谓地立着
只有院里的水葫芦，还张扬着
一大簇一大簇的紫花
这多像你，总能在更大的空里
填补着，温暖着

秋之落日

万物在大风中凌乱
河水汹涌向西
芦苇被掐住细脖子
荷叶折起绣绷子

眼看着，西山失语
我也要被大风吹熄

小小的事物

我爱小的事物
你看这些绣线菊、酢浆草
锦带花、婆婆纳、蒲公英
在这响亮的秋光里
默不作声地活着
开着淡黄、浅蓝、桃红色的
更小的花

蜜蜂不愿触她、闻她
小飞虫也不光顾她
阳光，却把一个个小小的王冠
戴在她们头上

深秋的比赛

实力悬殊的比赛
都是比一比，停一停
风和树的比赛，也是如此

眼前这凌厉的风
好像拳击台上的勇士
等着对手颤颤巍巍站起来时
再狠狠补上一拳

太心痛了
赛事快点结束吧

点睛之笔

草木皆已就范
它们是冬天一再犯错的孩子

万物讳莫如深
而湖水置身事外
仿若另外一个蓝得更像样的天空
仿若四季之中
那个点睛之笔

再看不到那样的湖面
一盆发酵过度、溢得满盆的面团
像油腻的中年男女
浑浊、粗糙、泥沙俱下

暖 秋

太阳调高它的温度
治愈了万物的寒疾

小野菊按住心跳
时而摇头，时而颔首
狗尾草，挥着它们黄色的小掸子
掸净了天空
年轻人的单车，欢快地
滚动在阳光的花朵上

我被秋光扶着
像一粒幸福的尘埃
在午后温暖的水杯中
沿着杯壁，缓缓下沉

等待大地涨潮

踩着大地母亲退潮的声音
我捡起一片枯黄的落叶
像从树上庄严地摘下果子

山村脱下绿色的外衣
又甩掉黄色夹袄
将自己赤裸在即将到来的严冬里
一任寒风撕扯
我决定蜷缩在儿时娘亲烧的热炕上
一直到大地涨潮

那时，我会高举双臂
送一朵云回家

深秋的银杏

一位洞察世事的智者
浑身挂满了警世箴言
他端坐在深秋的风里
笑看来来往往的追名之人、逐利之人
那些走得太快丢了灵魂之人
每一阵风来，都会听到他叮当的话语
劝告或讖语，都善意而睿智
都可以奉为圣旨，视若神明
每一株深秋的银杏
都是一尊金光灿灿的佛

在他的荫庇下
可以读书，可以悟禅
可以品茶，可以下一盘没有输赢的棋
可以死去，然后重生

没有降霜的霜降

霜降这天

霜并没有降下来

不管有没有降霜

它都是霜降，就像生于闰月的人

没有生日的年份，仍然增加一岁

霜降后，每一株金黄的银杏

都像得到了加持，它的佛系力量

在银杏树上，也在银杏树下

谢　幕

当桂花从桂花糕上一跃而起
氤氲着香气，亭亭在枝头的时候
叶子知道，自己该谢幕了

吹绿叶子的风，也吹黄叶子
怀抱叶子的大树，也交出叶子
不必再躲避风的追逐
就落在窗台、树根或草地上吧
如同秋雨归于池塘
秋阳卸下红装

白皮杨

冬季，从永济到平遥
六百多里，看到最多的
是赤条条挺着身子的白皮杨
它们与枯草联手，毫不掩饰
推送单调与萧索

来年，春风也许
会沿着黄土高原的塬峁
行行停停，跌跌撞撞爬过来
可是，白皮杨不嫌弃
荒草不嫌弃

最好的春天

春天，已不只是节气上的了
在这个季节，花儿是自信而高调的
遇到什么就赏什么吧
寻花问柳绝不是贬义

拍照可以，但聚焦就不必了
况且，焦点应该是什么呢
是自我陶醉、意气风发的花儿吗
那这些绿柳和青草怎么办
叮咚的流水怎么办
三月的晴空怎么办

我家门前甬道一侧，全是紫叶李树
在春天，我经常在某个时刻独享这片花海
同时独享的，还有难得的心动和安宁
花开满树，而鸟儿是最大的一朵
闲闲落下的，有时是鸟儿
有时是花瓣

我喜欢这样温柔的时刻
世界上最美好的事，也不过如此吧

北国之春

春风比我心急
还没等冬的凉薄，彻底退场
就把冬的帷幕，撕开一个口子
急急忙忙钻过来了。春风一露脸
就控制不住局面了
梅花、杏花、玉兰，它一个都管不住

小草纤细的脚丫
踉踉跄跄，走出几串脚印
鸟鸣坦白在阳光里
冬一语成谶，未及转身
就香消玉殒了

你在南国，啜饮你的十里春风
我在北方，在风雨廊桥上，在春天
只需，坐拥渭水两岸
一瓢颜色

水的隐喻

忽临悬崖时，水与水的想法是容易一致的
无非互相壮胆
大喊着，一跃而下
绝壁处，形成挺括而闪亮的一匹
有时是蜀锦，有时是苏绣

有时，忽临悬崖，来不及商议
或者，一些水有了另外的想法
它们便分崩离析，自由发挥
绝壁，也有了更多的隐喻

不必在意，殊途也会同归
在绝壁下相遇时，它们总会急急转身
关切地问同伴，好玩不
好像经历的，只是一个刺激的游戏

月　亮

月亮是女人中的女人
娶妻当娶月亮。你看，她多感性呀
她在玩所有女人都在玩着的游戏
先是不断地吃，吃成一个没腰的胖子
然后，又开始减肥
瘦成盈盈一握的细腰美人

山河早已失了原则
心甘情愿把她捧到天上
她那么爱美
只要有水，她就没完没了地照
了无烦恼

阳光的孔隙

阳光，从顶棚漏下
一只白鸽，恰好落在那里
像一个舞者，站在镁光灯下

小小的它，在阳光的孔隙里
脚爪轻点、起跳
跑动。一个身穿白纱裙的小女孩
呆呆站在那里，直到白鸽飞离

这是早晨十点菜市场空摊位上的一幕
神的使者，使简陋的菜市场
也披上奢华的光芒

妥当的安排

牵一只小狗出门
虽然外面漆黑一片
它还是对着熟悉的人轻吠撒娇
对着四处游走的喵星人狂叫

在这个无聊冰冷的冬天
它总能表现出它正确的价值取向
和比我更大的对这个世界的包容

小狗在卧室外，一爪一爪拍门
阳光在帘外，等着一场允准的造访
周末啦，可以晚睡，也允许晚起
且不要催我，待我睡到地老天荒
人事俱废

囊中之物

天色全暗下来，有几个
黑影，还在移动
几个从坟地回来的人
正在下山。山野高起来
行人矮下去

空旷中传来一声
大鸟的叫声。那声音
电波一样，从空气中
震颤着传来，一直到行人的心脏
仿佛眼前的黑暗
正是它的囊中之物，强调似的
那只大鸟，又从容地叫了两声
好像黑暗和黑暗中无尽的邪恶
都在它的掌控之中

蓝色的大鱼

海是一只蓝色的大鱼
它的尾翼缓缓摆动时，整个海
都战栗起来了，阳光灿烂
鳞片隐现

航船，像一只白鹭
从海面掠过，翻出蓝色外衣下
雪白的肌肤

试　飞

像突然抛出的一团黑影
蓝色宣纸上的第一个墨点
雏鹰在天空试飞
它快速调整着自己的身体
在万里无云的蓝天上
庄严地写下自己的第一笔

像大海里披着金鳞的鱼
在大海上写下誓言
它奋力向着蓝天扇动双翅
当我再次抬头
它已大叫着，振翅远去
相隔千尺，我似乎
都能看到你坚毅的眼神
都能感受到你周围强大的气流
翅膀的震颤，和急切的呼吸

第三辑　明亮的抽屉

老土豆

她，在院里喂鸡、剥玉米
晒豆子，打扫院落
浅黄的长围裙，裹住圆圆的身体
像一枚滚来滚去的土豆

妈妈，小小的女孩抱着她的腰
从她身后探出头
像一枚老土豆
发出它的新芽

多余的部分

像土地一样厚重而沉稳
像土豆一样饱满而圆润
他不生产粮食，他生产诗
一首首悟性极高的诗
被他，像土地生产土豆一样
生产出来

他说，我要用这些食粮
喂养你们的灵魂，他所言不虚
他的食粮也够多。他写诗
似乎很容易，好像只是伸手
从他的身体，抽出多余的部分

残　冬

跑前跑后，检查取药治疗
照顾婆婆，她耗尽了力气
此时，高大的她
像一件外套，将瘦小的婆婆裹住

车窗外，白雪将残冬覆盖
车窗里，她漂亮的眼皮
将白雪覆盖

褪掉的坚硬

早餐摆在餐桌上
西装烫好了挂在衣架上
像往常一样出门
她淡淡地说，下周一
我在民政局门口等你
她说这话时，是微微笑了一下的
她已褪掉所有的坚硬
像一枚秋天的柿子
完完全全软下来

这是她真正走掉的那次
轻轻关上门而已
连枝上的麻雀，都不知道
发生了什么

碰　瓷

为了儿子，他也是拼了
腿脚已不大利索的他，每天在马路边
挑选着合适的汽车品牌，也设计自己适合的体位
他能说出汽车的价格和司机的性格
当汽车靠近，他的腿脚总能忽然变得灵便
他成功撞上汽车，觉得动作不自然
决定再来一遍

这一次，他这个满身裂痕的瓷器
终于碎成了一堆
这次碰瓷的，还有死神

明亮的抽屉

城市的楼房，是一面面中药柜
夜晚的窗子，是明亮的抽屉
窗子里鲜明的格局
多像抽屉的几个分区

那个大男孩，说他也想
在城市，拥有自己的抽屉
好将一家老小，全都放进去
那么外面排着长队、按着喇叭的
一定是急于，跳进他倾尽半生
换来的那只抽屉
做他的黄芪、当归或大枣
做她的桂圆、生姜或枸杞

美颜相机

按下快门的一瞬
一定有大神吹了仙气
看，兔子变松鼠，狗狗变猫咪
太婆，也变成萝莉

从此，我成了两个
太婆洗衣做饭，萝莉写诗健身
太婆相夫教子，萝莉工作聚会
太婆聊八卦忙中找乐
萝莉写微博常晒动态
我在两个我之间来回穿梭
经常无暇区分彼此
有时惊心动魄，自己吓到自己
夜深时，我们会互相审视，满腹狐疑
这让我灵魂出窍，不知所措

两个出路：去整形医院
将我们合二为一，或者
干脆毙掉一个，你看，按下快门
多像扣动扳机

密码世界

QQ 密码，微信密码
银行卡密码，支付宝密码
博客密码，电脑密码
一个好的密码，就是一位
优秀的保镖

可惜密码太多，我经常弄错
好像是，我经常被我
荷枪实弹又六亲不认的保镖
挡在外面

每一个密码
都是一把钥匙，都对应一个暗道
人，就迷失其中

驴子颂

驴子在推磨，稳健的步子
一圈，又一圈，圈数多到
会让它以为，自己一不留神
就会走出村庄，走进自己
希冀的梦里

我多像它
工作和生活是圆规的两只脚
工作的针尖纹丝不动
生活的铅笔一圈圈画圆
画出我的磨盘

我没有戴眼罩，没有套绳索
心甘情愿做一只无怨无悔
又自认幸福的驴子

大地是沉睡的机器

夜深了，大地这台机器
慢慢停止了它的运转
各部件，各归各位
它睡着了

我起夜，是机器的螺丝松了
丁零当啷，螺丝滚出卧室
丁零当啷，它又跳回原位
大地，再一次
酣然入梦

禅意的早餐

鸡蛋和牛奶的早餐充满禅意
我剥开鸡蛋是真相大白
露出蛋黄，是看到本质
牛奶流进胃里
正如小河注入湖泊
我夹起佐餐小菜
是农人举起锄头
打开水龙头，是瀑布飞泻
鸡蛋又成了溪流里的石头

如果把剩余的食物全吃进去
我就成了排污沟
我开怀大笑，东倒西歪
就是西风撼动大树，枝丫乱舞

我不敢再想下去
我怕我得出的结论

徒劳的一生

毕生追求事物的闪耀部分
比如露珠，比如白雪
比如钻石，比如爱
还有他爱过的那些遥远的
有刺的，尖锐的，甚至受伤的事物
此刻，他都必须还回去

终于空无一物了
他暗自庆幸
此去，他再也不愿负重

湖边练字老人

宛如拐杖的毛笔
饱蘸湖水，在湖边青石板上
挥毫写下一个个大字

后退，再后退
那些自带仙气、无关悲喜的湖水
沾上人间清欢，一笔一笔逐渐显现
每个字，都会不疾不徐，稳稳地站上一阵子
然后，逐渐隐去
像我们每个人的肉体

三月初，薄薄的湖水
一如老人所剩无几的肌肉
对岸，白头芦苇转青的根部
又向下，伸展了一个骨节

新孝经

有花、有树、有草，没有香气
有山、有河、有运动场，没有汗水
有男人、有女人、有老人孩子，缺了热闹

扶我下楼去，如果你们孝顺
就让我听听噪声，闻闻尾气
老人暴躁地提出新的要求

儿女为他买的房子
是他遮风避雨的壳
可是，现在他要求把脑袋从壳里伸出
嗅一嗅人世烟尘

画　师

每晚，华灯初上时，画轴就展开了
在屏风里，在灯光下，在素笺上
缓缓掀开一片微黄的暖
喜鹊的羽毛，才刚刚丰盈
山茶的花瓣，还未及绽放
这被你深深爱过的每一笔
都涂在了最嫩的春天

每完成一幅
都像是一个赤子，才刚刚
由这个蜂腰雪肤的女人
领到人间

家庭麻将

有时，只有麻将
能让一家老老少少
面对面，正襟端坐
游戏一个下午的时光

围着一张桌子坐下
四个人就是一个硝烟弥漫的战场
当忐忑不安的前锋
摸索进吉凶未卜的残垣断壁
惊吓、惊奇或惊喜
都成了见怪不怪的搞笑事

136 张牌，就是无数种战局
游说家、纵横家、军事家
金戈铁马，明枪暗箭，你来我往
唯有神助，才能稳操胜券

我外婆今年八十七
仍能参加生产劳动
麻将，立了头功

菜 刀

我始终对持刀者
心存芥蒂。买西瓜时
不跟卖家还价。肉摊前
不与摊主起争执

当菜刀，切出豆腐的嫩
和白菜的脆，当它郑重其事地
驮着品种繁多的菜品，走向
一口锅时，它就成了
全家人顶礼膜拜的神

我经常纠结于
一把菜刀的安放
它的寒光，是该凸显
还是该隐藏。幸而
菜刀经常低眉顺眼
宛然真正的强者

只有操刀者的眼睛
变成一把寒光闪闪的菜刀时
魔鬼，才会降临

疼痛的胳膊是卧底

右边疼时，左边冷眼旁观
左边疼时，右边幸灾乐祸
这一棵大树的两个枝丫
一个家庭的两个兄弟
全不懂唇亡齿寒，惺惺相惜

曾经忠实的它们
如今不再臣服于我
我又无法跟它们谈判，达成谅解
后来，我才明白
我疼痛的胳膊一定是卧底

我感到了城池的破败
和沦陷的危险。我烤电
刮痧、拔罐、针灸、推拿
以对抗卧底的时时伏击

拔　牙

进牙科前
牙们都各自安好。毫无预兆地
左边的两颗小磨牙就哭了
有人用大钳子钳住了它
小磨牙拼命挣扎反抗
还是被钳子连根拔出
所有的牙，都惊慌失措了

为了一口弧度优美的好牙
小姑娘，咬住医用棉球
强忍泪花，言语不清地问
啥时再拔那两颗

小儿子

跑步机很少用
吊篮椅经常空置
想用浴缸时，也总是犹豫

对于能干的双亲和长兄长姐们
小儿子和弟弟总显得多余
一如身体上的阑尾
或手掌的第六根手指

端午的光芒

端午的光芒
总有一道，来自《楚辞》魂
总有一道，来自"湖湘"根
在鼓乐长鸣的敬香跪拜声里
总有一些声音，是屈子所能听到的

再不必"哀民生之多艰"
亦不需"长太息以掩涕"
漫漫长路，不再需要上下求索
我们让"生别离"者，乘骐骥以驰骋
我们为"身既死"者，弹冠振衣祭奠
想必屈子早已消了千古愁
端午，定会魂兮含笑归来
捻髯颔首，看人们
吃粽子，赛龙舟

江上，总有一叶龙舟
会穿越清圆的时空，去营救落水的屈子
人群中，总有一位鹤发童颜的老者
莞尔一笑，鼓枻离去

端午的客人

端午，我早早在大门上插满艾草后
就会叫全家人吃粽子
给孩子系彩绳，抹雄黄酒
我是大人，我吃大蒜，喝雄黄酒
这一切，是为了
证明一家老小都不是蛇精
而且时刻要提防，许仙家的那两位
中午时，我会在里屋假寐
并借此观察，有没有蛇
忽然变成俏女人。找娘子的许仙
我也不想放进来

我的外祖母，对这些重要工作
嗤之以鼻，她总是在念叨
王家庄没有姓王的，神女泉没有泉水
我的端午节，没有雄黄和大蒜
我一直都在等，那些
从未来过的客人

眼　睛

可以藏起杀机、诡计
也可以藏起大海星辰和古今天下
却会被一粒小小的沙
磨得生疼

铃　声

铃声是一条鞭子
专打懂它的人

鞭子在谁手里
绝不是那块拳头大的金属

九月，给孩子们

（一）

在蜗牛收获第一颗露珠之前
玉米和稻谷在暗暗灌浆
他，在作业本上，写下最后一个字

（二）

对于他们，假期总是太长
教室里，桌子和黑板单调的脸
总是有耐人寻味的吸引力

（三）

万物收拢蓬勃的欲望
孩子，来吧，带着最丰饶的年华
以书为马，墨香始终如一

（四）

朝霞入静，轻风止息
少年在这里苦读，他和他的理想
只隔着五车书的距离

（五）

作为一枚青果

成熟前的隐忍是必需的

只有带着墨香的书，能打开他的心扉

（六）

牧羊人，放牧一群白云

走过千山万水，却不曾移开半步

这四十五分钟，最奇妙的远与近，喜与悲

（七）

这里的教室，都有一颗航船的心

在这个麻雀会背诗，知了能解题的渡口

摆渡人，不只摆渡灵魂

（八）

悬崖给你，泥泞给你

孩子，在这个美丽的季节

所有的苦涩，都只为酿出甜蜜

（九）

混迹于杂草，一次次被无情割除

孩子，如果你是芝兰

就请开花吧

学校生活短章（组诗）

（一）学 校

据说这里没有四季

学生是春天的注释

教师的爱是春雨

一瓢泼出去

园里就绿了

（二）放 假

学校是一头巨兽

学生是血液

一放假，巨兽就流光了血

惨白惨白地在太阳下晒着

（三）自习课

如此自然而然地安静下去

风，没有来过

雨，没有来过

雪，没有来过

针，没有掉在地上过

叶子落尽

孩子们没有来过

她，也没有来过

自画像

睡在凌乱的文字堆里

心上，绽一朵盛开的莲

醒来时，我变成了诗仙

银髯飘飘，斗室

却消逝了唐时的痕迹

只有窗前那挂等待招惹的风铃

在昭示我的滑稽

一只虫子在墙角苦叫

发誓要撬开一个春季

热浪扑面，我挥汗如雨

眩晕的格子占据所有的空隙

我只有低下高傲的头

缩在一隅哭泣

一抹脉跳穿透心壁

窗外，有谁心惊如雨

煎饼果子

煎了正面煎反面
两面都大汗淋漓
两面都被烤得金黄
然后，无奈认命
赴死般，将身体伸直变硬
最后，撒上葱花，刷上酱料
一张煎好，再来一张

每天，我穿梭于各安天命
或旁逸斜出的若干结点，像一只
游走的羊毫，在我的狂草上
涂一次，再涂一次

舞　厅

舞厅是一杯燃烧的酒
殷红殷红的高脚杯里
一叶叶小船，在浓烈的波光中
荡漾。桨儿慢慢地划
船儿慢慢地晃

一个人就是一只小小的船
一条音乐的船
一条热热烈烈的船呵
漂游，漂游。处处是岸
处处是港湾。每一个舞厅
都是，城市夜里一小块山楂
嫣红，嫣红

舞

以一种定式
踩许多剧情，成为穿插
像一种惯性动作

很单纯，握一双温情的手
脑中便一片空白了
随你，纵音乐旋转
纵人影轻摇，微笑一经点燃
便越烧越浓了

收费站

即使不下高速
车行若干公里
也会缴一次通行费
再跑，再缴

每一次，我都听到一声大喝
呔，要想从此过
留下买路财

收费站，是血管里的栓塞
缴费，可以溶栓

十字路口的智慧

在城市，你得够机灵
过十字路口，你必须审时度势
必须眼尖腿快，必须全盘考虑
必须学会预盼
人行横道绿灯亮
我不顾斯文，慌忙快行
红绿灯在前面指手画脚
在背后说三道四

尽管如此，我还是险些
被来自对面的左拐鱼雷
和来自身后的右拐鱼雷
同时命中

简单的真相

你看它们玩得多高兴
嬉戏、蹭腿，交颈、贴脸

这俩关系好
说话的人，说半句留半句
狡黠的眼神告诉别人
理所当然地，这两只是情侣

这是两只小公狗
楼上的大姐总是不厌其烦地
戳破真相
她不喜欢云山雾罩，只用了一句
就扯掉那一层纱

想了想，她又补上一句
芍药也可爱着牡丹

包藏祸心

我从小就胆小——个头小
力气小，自认身体不壮，阳气不足
太阳缺席的夜晚，猫咪也变得阴险
对于离世的亲人，我也认定
相见毋宁怀念

我请来了我的卫士桃木剑
我自己慈眉善目、软弱可欺
可我的侍卫威风凛凛，杀气毕现
当凶险靠近时，它一定会为我击杀妖邪
万圣节的夜晚，怕被误伤的我
也不再扮成鬼魅
我狐假虎威，自认高枕无忧时
我自以为是地写下这些文字时
也许有什么在屋外叹息
从那一面看来，表面敦厚柔弱的我
分明就是居心叵测，包藏祸心

第四辑　露出的天空

素万那普机场的行李

机场的玻璃顶上
一只只游鱼在玻璃缸里
游来游去，而更多的鱼
是缸底沉默的绿植——
这是人们在大厅排着长队
等待安检

爱人安静地坐着，像一个黑色的背包
手推车上的孩子
与相拥睡熟的布娃娃
宛然一对包好的礼物

哦，亲爱的，你看
我是这些行李唯一的主人
我将骄傲地带着你们安检、进站
走上舷梯、翱翔蓝天

亲爱的，你乖乖做你的行李就好
不要随意站起，更不可走来走去

又见铁匠铺

铁匠铺不再需要打出像样的铁器
而铁匠也不再靠手艺
即使如此，在这样人工打造的古镇里
一个铁匠铺也显得如此必需

天，可以下一点雪
炉膛里的火，还可以再红一点
这样，人们就会争着跑进去

一切都在意料之中
这里没有等待铁器的主顾
你只是假装打铁，摆摆姿势
而我，也只是取暖、聊天、看稀奇
如果运气好，还可以改写前朝的故事
你是抢着铁锤的相公
而我，却不是炉前添柴的娘子

原谅我要横刀夺爱了
相公，北方天寒
且随我回家去

默许的窃喜

你是险峻的，我就是陡峭的
你是美的，我就是耐人寻味的
水，就是灵性和爱
无论你是草、是树、是山、是云
我都会是你虚张声势的另一部分

现在，那对坐在木椅上的情侣
手挽手走开了
只有空木椅，还坐在空空的岸上
无抱着有，虚抱着实

我默许这样的窃喜
他们的离去，使我们可以一起
经历某种心痛与失去

那场樱花

樱花如云。树下
两个残雪满头的人经过
一个坐，一个推

曾经，牵手一起奔跑
曾经，互相搀扶着前行
此时，你只能坐在轮椅上了
那么，就让我推你走吧

一朵樱花落在扶手上
她小心捡起，左看看，右看看
忽然高兴地笑起来
像三十年前那场樱花
又在眼前，开放了一次

露出的天空

此刻，夕阳坐在缓坡上
啃着青青草。头顶
露出的天空晶莹

小屋脊上，命悬一线的风
数着尖顶的蓝色鱼鳞
风，不语；叶子，不语
花朵，不语；我走在林荫道上
一向活泼的高跟鞋，也不语

其实，风可以推动树叶
制造一些波涛，也可以
在鸟儿飞过时，有意落下半支小鱼骨
人间荣枯无定，最好，让我感觉
眼前这软糯的暮色，是真实的
是我缓缓释放的痛

此刻，深陷于藤椅
头也不抬，一边喝茶，一边
透过眼镜，盯着书页的你
正是神在人间的样子

初　晴

飞翔，掠过湖面的粼粼
芦苇丛的招摇，避开金翅雀的嬉戏
鸿雁的安详，与香樟树的纠缠
一群白鹭飞起
从飞红乱雨中穿过的，是你
像白蝴蝶婆娑起舞的，是我

亲爱的，这是雨后初晴的日子
太阳这盒红泥，才刚刚调好
我要你，用柔软的画笔，在我的眉心
点上一颗灵动的朱砂痣

这样，当我伏在湖心岛的苇丛时
你就可以认出我
如果你恰好从七孔桥上走过
我也不想大声喊出来，作为一枝荷花
我要保持宁静而含羞的样子

春光多可爱

浓荫是我们栽种的蔷薇
密不透风的花顶下
偶尔有阳光，洒下小朵小朵的温暖
像跳来跳去的小雀。亲爱的
你看，我们的春光多可爱

当我们彼此肩靠着肩，暗香初起
向晚的阳光，突然散尽它的寂寞
灯火转角处，阑珊一一退隐
天空，你为我写下的小楷
每一笔都用心

亲爱的，从今天开始
我们做一对农夫，或一对鸟雀
早晨，你为我整理一头葱茏
晚归，我为你洗去指尖的倦与尘

暗暗成长的，除了我们的爱
还有，我们一起栽下的蔷薇

惬意的桨

阳光微醺，万物流泻赞美
荷花的粉拳早已舒展
邮局送出我的明信片

在那片马鞭草花海旁
我已设下十面埋伏
亲爱的，你要划着小船只身前来
水在你的桨下，一朵一朵盛开
那不是喧哗，那是另一种安宁
小船牵着你的影子
穿过遍植夹竹桃的独孔石桥
亲爱的，不必找我
你只管轻摇慢划，做你的船夫就好

是的，此刻
我是你船上那对惬意的桨
一半在你手中，一半在水里游荡
如果你累了，切不可把桨扔在一旁
你要拥她入怀，就像
水拥着岸，路拥着桥一样

休止的此刻

当火车弧线行驶
这些刚刚被打捞上来的星子
便像醉汉那样
忽东忽西，站立不住

这不是一场漫无目的的旅行
土豆发芽，个人成长，股市涨跌
在这个快速荣枯的世界
我们的爱也所剩无多

我只想找一个有涛声的地方
可以无所事事，百无聊赖
有时踩踩海浪，有时看看你
有时枕着你的胸膛，像礁石枕着海浪
尘世后退
眼前，无穷大的此刻
——定格

最后的果实

为了香得更浓郁些
我不小心误了青春
秋风急，而提篮人
刚刚离去

所　见

木槿要红过桃花，柚子垂下一张青脸
蝉是枝头执迷不悟的情郎
唱着最高亢的歌
我坐在窗前发呆。亲爱的
夏天就要荒废了

隐形的翅膀

妈妈，牵起左手

爸爸，牵起右手

须臾之间，他们的孩子

长出了一对美丽的翅膀

看呀，她就要飞起来了

宽宥的供奉

当看到雕塑中的神
我感到了羞愧
它体内丑陋不堪的黏泥巴
杂乱无章的麦秸秆和粗糙的小石子
多像我不堪一击的小虚荣
和自以为是的小脾气

亲爱的，有了你的道场
我才成为高高在上的神
你宽宥的供奉，多少神圣

一个人的卧室

墓室严丝合缝，沉沉关闭
我头北脚南，用被子
肃穆地盖过自己的身体
呼吸困难起来，灵魂
行将飞升

亲爱的，是你的推门而入
使我起死回生

灯下的拯救

我手持针线
细心缝合着，爱人衣服上
两面绝壁的大山，和扯不断
合不拢的罅隙。我上下穿刺
左右勾连，缝出均匀而致密的湖岸

这一根线的两端
多像夫唱妇随的你和我
为了拯救旧河山，我愿意随你
跳悬崖，走刀尖

如水的夜晚

月牙，这个暖色的逗点
悠然地，坐在两棵树之间
柳树是笔画过多的字
它们叙述的故事太长

锅里有绵软的白粥
桌上有冒着热气的萝卜青菜
这个如水的夜晚，真的不适合
谈爱。只是深夜里
我单薄的被子，又向你移了移

爱 你

泪像一条穴外的蛇，在冬天僵死
看得见一条套上脖颈的绳索
等待拉紧

知道我是什么样的土地
会长出庄稼，长出毒草
若要开出一树亮丽
只好将这稀疏的黄发
吊起，作止水状

怎熨得平眼中孤独的皱纹
只有一个感觉：冷

冒险的成全

即使成为自由的风、藤蔓或青苔
也是好的，可如今
石头与石头，嶙峋对峥嵘

那么，我愿意就此后退
以百米跑的速度，做一枚击石的卵
这样，我们就成了虚与实，隐与现
作为你的补充，立于你身后的阴影
我也绝不提心吊胆

宠　爱

老刘头一生受宠
却因为抽烟，经常被老伴奚落

死后，老伴每次来看他
都会在坟头的两棵柳树之间
烧上一堆纸钱
仿佛老刘头的两根手指
夹着一支点燃的香烟

只是这次
他再也不担心挨骂

第五辑　站立的城市

唐王陵

以陵为山
九嵕山。以山为陵
唐王陵，只有他
才配得上这样大的陵墓

"九天阊阖开宫殿，万国衣冠拜冕旒。"
唐王，用他的包容、深刻和宽厚
医好了人世的狭隘、肤浅与锱铢必较
远处的终南山，转过身子，微微俯首

靖边波浪谷

得有多大的刀，多大的案板
才能切出这样长而整齐的面条呀

可克达拉的薰衣草

把嘴唇咬成深深的钴蓝
阳光下，钴蓝越来越浅
可克达拉的薰衣草开了

浅夏的阳光正醇
饱饮阳光的花株微醉
半个世纪前，在伊犁河谷
在蓝天白云与苍山碧水间
一位戎装战士栽种的薰衣草
已疯长成满川蓝紫色的琴弦

风的曼妙指尖
轻抚琴弦，深深浅浅的乐音
就叮叮咚咚地流淌起来了

当我俯身，沉醉于
一穗花香时，我看到接天的
薰衣草闪着霞光，悠长的芳香
抚慰了远处的雪山。可克达拉
与所有明媚的词语
不期而遇

断　岩

侏罗纪凌厉的风

无情雕琢我的身形

我的脚已深深埋进大地

我的头仍高高插入云中

亘古不肯退去的洪水

浸染了我的魂灵

我的心已化作突兀的赤壁

我的血仍在不息奔涌

那一轮瘦月

见证我已万年独行

撤去这残损的盛景

连同草树这点点星星

愿意怎么来就怎么来吧

我愿用赤裸裸的生命

换一场，与悲剧

全副武装的战争

茶田之歌（组诗）

（一）雁南飞

小叶榕树，有润泽宁静之美
山茶花、凤凰木和簕杜鹃也是
在通往茶田的长廊之上
羊蹄甲一边盛开，一边零落
满眼的繁华，宛如初生

天空仍旧不吐一字
只把自己的蓝茶盖
轻轻扣在雁南飞绿色的茶碗上

在雁南飞这只大茶碗里
我不想写下自己，也不想说
我是个见异思迁之人
走一地，爱一地
可当我写下"茶"字，写下"田"字
我就已经明白，来到雁南飞
我已再无旧爱与新欢

此地乐，不思蜀

为了丈量江山的广袤

我把出巡分成两段

神石到瀑布，雁鹅湖到生态谷

（二）将 夜

夜，展开它黑色的帷幔

遮住天空最后一道晚霞

瞬间，我眼前的龙那山

跌入一片漆黑的海

亭台、茶田与高大的异木棉

无一能够幸免

我站着，看星星

捧着小小的亮点

从密林的海里升起

仿佛要彰显海之辽阔

在这里，星子们都是

萤火虫般小小的

夜，如此缜密

而我房间透出的灿烂

正是这静谧的夜里

唯一的破绽

（三）雁南飞神石

宛如两颗巨大的水滴

一滴，头顶着另一滴

稳稳，落在雁南飞

从此，这里的草木、大山

鸟兽、湖泊，都有了灵魂

镇山之石，亦是神来之笔

自从落地，便在这里生根

在这里长出草芽，开出鲜花

带给这里能量、雨水和好的空气

守住了这里的仙气、灵气和福气

人们在茶田劳作、游玩

在亭台水榭休憩、休闲

治愈生活的尖角、疼痛与失落

有一群诗人来到这里

他们到山上去，到茶园去

他们不采风与月

只采摘他们芳华的芽尖

而毫无例外的，神石也赠他们

以花香与白云

（四）宝灵寺

没有雁鹅湖

雁南飞就成了盲姑娘

没有宝灵寺

雁南飞就是少不更事的孩童

如果你走向宝灵寺

每走一步，雁南飞的景致

就会加深一层

花，会重开一遍

树叶，会再长出一片

天空，会垂下它长长的眼睫

龙那山，也会醒来，登高望远

寺内的佛，静如茶花

连他旺盛的香火，也是安静的

这里的神佛，最能看透凡尘

可是，来到雁南飞

我已无事可问

（五）茶　田

从龙那山麓，到雁鹅湖畔

一片碧玉般鲜嫩的茶田

在拐弯处，遇上另一片

在神的护佑之下
茶田呈现尘世之外的安宁
它的每一寸肌肤
都自带仙气与荣耀

为了一杯好茶
神和人都做足了功夫
阳光下，茶田安享向上的快乐
而茶厂的姑娘小伙
最懂萎凋、摇青、炒青、揉捻和烘焙
的要领

黄昏，神在寺中食着香火
人在仙茶阁，捧一杯
深具灵性的乌龙香茗

罢了，尘世之事
都交付于手中这一杯吧

七十年，咸阳的华丽转身（组诗）

（一）铿锵之城

提起咸阳，就提起白云

提起了一座云端的纺织之城

提起一位子女众多的母亲

她，在天空之镜的澄明中起身

左手长庆石油，右手彬长旬煤炭

后面还跟着医药、电子、食品……

马栏红苹果、泾阳茯茶、中医药

冠捷电视机，则像母亲成年的女儿

乘着"长安号"钢铁驼队，远嫁中亚和欧美

沣东新城、沣西新城、北源新城、秦汉新城

是她栽种的几棵大树，枝繁叶茂，自成阴凉

飞机，在她的院里自在起落

仿佛鸟儿离家与归巢的熟稔

袁家村、马尾驿是热闹的后花园

安顿了那些无家可归的老古董和旧传统

这里是古老的秦之都

这里是历久弥新之城

山水俱阳，这个充满正能量的地方
这个铿锵之城，宛如一枚漂亮的胸花
别在祖国母亲美丽的外衣上

（二）咸阳湖

窗外，草地与石板路横陈
河流顺从堤坝的旨意
让出一泓明明暗暗的湖水

风妈妈，在满天搜集碎棉花
湖水一团转身一团紧跟
画舫远去，把挚爱的湖面
抓出一道浅浅的水痕
荷花昂着俊俏的脸
月季没日没夜地笑
凌霄花，吹着喇叭
占据高地

薄暮，少年从湖边走过
吉他沉默，歌声不出
落日把自己烧成
炉膛里一块越燃越旺的木炭

（三）秋之风情

九嵕山南，汉唐王朝的墓葬群

宛然一枚枚永不反悔的棋子
落在渭北大地

金秋，飞鸟背负湛蓝的天空
旬邑红叶，是一副火焰的旧情调
恨嫁的北塬柿子，涨红了小小的脸
有机葡萄，在张裕瑞那酒庄努力发酵
汉阳陵银杏林，准时捧出黄金毯
礼泉苹果，在枝头荡着秋千
咸阳人的生活，像枝头的苹果
一边闪亮一边甜

五月，我在永寿等你（组诗）

（一）盛　放

此刻，五月的风
从云朵上一丝一缕抽离出凉爽
扑进页梁的怀抱，让四十万亩槐林
迷醉了六十里沟坡，最后
把丝丝轻柔，拴在一棵棵槐树
细嫩的枝丫上

在一棵槐树上，它暗自用力
试图用心，催开一粒花蕾
槐花忍不住，莞尔一笑
永寿四十万亩槐花，开了

洁白的槐花，从不与桃李争春
总在残红褪尽时，脱尘出俗
晶莹剔透，让五月的风带上甜香

年年槐花盛会
看花人嗅着花香而来
在林海的一呼一吸间

大美永寿的灵魂

在无边花海的浸润中充盈

通达另一颗心的远方

（二）等 你

坐在槐花飘香的山坡

翻动我长发的风

也翻开了我带来的槐花诗集

我们一起阅读，会意，击节

接着，它偷偷吻了吻我的脸

你该来的，这五月的凉风

也该吻过你的额，你的脸

山路飘落林海

如山间坠下白练

花海浩瀚，容得下阴郁与风云

蝴蝶繁忙，不理会人间恩怨

我们该隐居在这翠屏山

隔绝与外界的一切关联

渴饮山涧水，饥食槐花饭

如果要讨我开心，就沏杯槐花茶吧

我爱它的质朴、洁白与纯粹

五月，我着盛装，在永寿等你

你若再来，我必将揽你入怀

以四十万亩的洁白

许你一世甜蜜

（三）槐　蜜

养蜂人是迁徙的候鸟

总在槐花飘香的五月

飞回槐林，赶花期，酿花蜜

养蜂人就是蜀相诸葛

他们由南向北，在云朵的殿堂

排兵布阵，用蜂箱，布置了

一处处奇崛的八阵图

蜜蜂是探头探脑的细作

当它煽动羽翼，总能

被花蕊的芬芳捕捉

槐花，这误入凡尘的仙子

却总能与蜜蜂暗通款曲

陷入蜜月

五月的永寿，是浸在蜜罐里的

一滴香甜的蜜汁，轻易就俘获了

翠屏山澄明的天空

（四）武陵寺塔

武陵寺塔，站在翠屏山腰间
俯视永寿山水，人文福祉
从北魏时的经卷，到宋时的香火
延续着麻亭镇的神秘

云涛之下，斗拱飞檐的悠悠古韵
掩不住生态永寿的浓墨重彩
头顶，吹过檐铃的风
曾经吹拂古人，也吹拂我
悄然汹涌的绿野情意

山借塔形塔势为峰
在翠绿洁白之中，武陵寺塔
一颗禅定的北极星，在秦陇咽喉
在陕甘通衢，剑指蓝天
任尔东西南北风
寺可毁，唯我七级浮屠
岿然不动

（五）云寂寺

时光突然回溯
我成为红尘之外的云寂寺灵塔

一千年前，香雾不绝
一千年前，人走寺空
一口铁钟，穿越千年沧桑
把一座寺院的历史，细细诉说

此刻，千年古刹，重现繁华
佛仍微笑端坐莲花之上
无须出寺，即已洞悉天下
佛只一眼，便知人间祸福

禅寺之物，皆神物。在寺中
一砖一瓦，皆可点醒凡夫俗子
半盏清茶，自可品出逼仄辽阔
梵音起时，拈香一笑
从此消释了人间情仇

在千年铁钟的轰鸣声中
丝绸第一站，永寿云寂禅寺
不可辜负

半杯绿（组诗）

（一）在商洛

沿着一滴水的弧度

一只小鸟，从秦岭北麓

一路曼歌，深入秦岭腹地

大山深处，一条条公路

在秦岭山中，纷纷立起身体

它从一队队游客头顶飞过

赏清浅的水，看深深深几许的翠

在云盖寺镇，在漫川关镇

看戏、听歌、品马泉山白茶

高速公路，与丹江河的前世今生

互相倾慕着，缠绕着

一起倒进商州的怀抱

愚公全家，从深山迁出

与漂亮的楼房一起

扎根河谷平坦的小腹

农忙时，在现代农业产业园

她是年轻的采茶辣妹

农闲时，在休闲旅游区

他是风情帅小伙

绿水青山，分明就是金山银山

四十年，绿色与城区共同延伸

森林与楼房一起长高

商洛，经过淬火的蓝

仿佛一只凤凰，飞过万重山

（二）金丝峡

溪流，将河谷一分为二

向山脉纵深处延伸

不断增多的树林和湿地

变低的云影和山峰

一如谁起伏的心胸

金丝峡宽阔的水

雨雪霏霏，其九死的水

激滟了前路和波光

沉静的涟漪初起

石头有沉默的旧伤口

商州人，逐水而居，骨骼和血肉凝成

秦岭腹地闪耀的弧度。金丝峡

一只展翅的孔雀，每一个节令

都自带光环与神性

（三）半杯绿

坐在天竺山腰，云海波涛翻滚
众生披翠，数峰壁立
众佛在静寂中坐禅

在天竺山，太阳都变得神奇
没有雄鸡的邀请，它就不好意思出场
夜里，它在皓月湖里偷偷洗澡
常常忘记，擦干湿漉漉的身体
白杨的倒影，与白杨，在比高
你向上九寸，我向下一尺

公路，是一条长长的头绳
将大山满头的苍翠，高高束起
在天竺山，成为一棵小树
或一只野兔，都是幸运的

在天竺山，只需半杯绿
便可使青山连着森林
绿水逐着石头
便可滋养生命的家园

中欧班列"长安号"（组诗）

（一）长安号

一个钢铁驼队，来往于中国西安与欧洲
中国制造的汽车、机械、电子、食品
像一个个新娘，远嫁世界各地

驼队返程，驮回保加利亚精油、匈牙利蜂蜜
哈萨克斯坦小麦、俄罗斯油菜籽
沿着张骞的丝绸之路，他的后代
将亚欧大陆与中国、与长安
再次，紧紧系在一起

咫尺可以布置天涯
在家门口的进口商品直营店
一瓶意大利红酒，在安静地等我
我只需跨过三个通道

（二）未知的欣喜

快递员，像一群鸽子
散布大地的各个角落
在电商与买家之间

穿梭信任与托付

弟弟商店的琼锅糖、羊肉泡、擀面皮
被精致包装，销往各地
我单手操作，用手机
在天猫、京东或淘宝下单，仿佛
海南的榴樏、上海的糕点，南京的盐水鸭
已经，被准时送达

我焦急地等待着
与未知的欣喜谋面
仿佛，失而复得的宝贝
即将被完美领回

（三）农村新时尚

生活的意义
在于那些急速变化的事物上
比如，乡村的伤口很快治愈
我驾驶自己的轿车离开小区

此时
外甥女服务的和谐号驶离站台
我的父亲，用电动挤奶器挤出牛奶
我的舅母，用自动分选机分选出优质的苹果
我侄子的网店，一单单农产品被成功订购

田野上，骄傲的玉米收割机
用自己的实力，将盘活的乡土
回归的子民，与金黄的玉米粒
一并收入怀里

唯一的王者（组诗）

（一）唯一的王者

仿佛鼠疫、霍乱再次降临

死神，在人间挥舞着它的魔爪

人们像多米诺骨牌，纷纷倒下

这个春夜，太过漫长

仿佛一个难以醒来的梦魇

山川失色，大地痛哭

我听见为了给儿子找一张病床，那绝望的哀求

我听见与女儿告别时，那令人落泪的话语

我听见年轻的父亲急促喘息着，咽下最后一口气

我听见年迈母亲的哭声，由号啕转为嘶哑

我也看见，有人逆风而行

骨头，被熏染成英雄气质

他们用自己有力的臂膀

扶起民众即将扑倒的身躯

他们，就是从天而降的白衣天使

他们是斩杀妖魔的利剑

他们是危险游戏中唯一的王者

他们与时间赛跑，跟死神角力

他们在黑暗中摸索前行
并将黑暗治愈

（二）奇特的庚子年

庚子年，以它奇特的方式打开
没有欢乐的相聚与出游
昔日热闹的街道，也像断臂下
那空空荡荡的衣袖

这妖风，吹病了我们的神州
可我，只是一介无用之人
我的日复一日、小心谨慎的宅家生活
也实在漏洞百出，不值一提

而夜晚，也是如此诡异
那些高楼透出的点点灯火，比任何时候都多
仿佛有更多需要掩饰的部分
需要打上马赛克

（三）请慢一些唤醒

这个鼠年，人的属性丧失大半
鼠的属性，迅速彰显
我们都是躲躲藏藏的"鼠"类

我们心头的恐惧与阴霾
也如西西弗斯的巨石
无法推开

窗外的天空，时而飘下欢乐的雪花
时而呈现它纯净而安详的蓝
可是，我仍不能随意外出

春天啊，请不要急着唤醒
更不要急着开花或返青
我们终究是人
我们终将结束这冗长的梦魇
我们终将打开大门，去迎接
花繁木盛的春天